Raimund Eich, Jahrgang 1950, lebt in Neunkirchen/Saar. Der Autor veröffentlichte im Jahr 2004 mit „Angst um Melanie" sein Erstlingswerk, dem 2011 mit „SEPTEMBER ELEVEN - Im Schatten der Terroranschläge" ein weiterer Tatsachenroman folgte. Neben einigen E-Books hat er eine illustrierte Abenteuergeschichte für Kinder und Jugendliche mit dem Titel „Urs der Zauberbär" sowie „STUMM-DENK-MAL", eine skurrile Geschichte über seine Heimatstadt Neunkirchen veröffentlicht.

für alle, die das Saarland und seine Bewohner

in ihr Herz geschlossen haben

RAIMUND EICH

Es geschah am achten Tag

eine himmlische Geschichte

© 2013 Raimund Eich

Autor: Raimund Eich
Illustrationen: Raimund Eich

Herstellung und Verlag: BoD - Books on Demand, Norderstedt
ISBN: 9783732283804

Bibliografische Information der Deutschen Nationalbibliothek

Die Deutsche Nationalbibliothek verzeichnet diese Publikation in
der Deutschen Nationalbibliografie; detaillierte bibliografische
Daten sind im Internet über http://dnb.d-nb.de abrufbar.

In der Schöpfungsgeschichte wird darüber berichtet, wie der liebe Gott die Welt in sechs Tagen erschaffen und sich am siebten Tag von den Strapazen ausgeruht hat. Aber was geschah eigentlich am achten Tag und was hat das mit dem Saarland zu tun? In dieser wahrhaft unglaublichen Geschichte wird das Geheimnis gelüftet.

Vorwort

D ie Schöpfungsgeschichte, wer kennt sie nicht. Schließlich ist sie schon ein paar Tausend Jahre alt. In der Bibel, im Alten Testament, steht sie ganz am Anfang. Doch nicht nur dort, in zahlreichen Variationen wurde sie nacherzählt und niedergeschrieben, in vielen Sprachen, für Alt und Jung, für Groß und Klein, als Märchenbuch mit bunten Bildern. Selbst wenn man der Schöpfungsgeschichte keinen Glauben schenken will und die Entstehung der Welt nach rein wissenschaftlichen Gesichtspunkten zu erklären versucht, kann man sich ihrem Zauber trotzdem nur schwer entziehen. Beim Lesen tauchen bizarre Bilder vor dem geistigen Auge auf, man sieht sie förmlich vor sich, unsere Erde, wie sie als blauer Planet im Weltall schwebt und in den herrlichsten Farben im Licht der Sonne schillert. Sie ist unbeschreiblich schön, ein absolutes Meisterwerk. Sollte dies tatsächlich nur einem Zufall, einer Laune der Natur, einem Zusammenwirken von physikalischen und chemischen Gesetzmäßigkeiten zu verdanken sein? Nein, das will mir einfach nicht in den Kopf. Ich glaube jedenfalls, dass dieses wunderschöne Werk von einem göttlichen Meister erschaffen wurde. Die Schöpfungsgeschichte muss einfach wahr sein, oder was glauben Sie? Na schön, vielleicht nicht exakt so, wie sie in der Bibel dargestellt ist, aber im Prinzip schon. Davon bin ich jedenfalls immer ausgegangen, bis ... na ja, bis ich eines Nachts etwas erfahren habe, was tatsächlich gewisse Zweifel an der Geschichte in mir aufkommen ließ. Oh nein, um es vorwegzunehmen, keine grundsätzlichen Zweifel. Die Schöpfungsgeschichte, nach der der liebe Gott die Welt in sechs Tagen erschaffen und am siebten Tag geruht hat, möchte ich keineswegs bezweifeln, aber sie ist, soweit ich es in der besagten Nacht erfahren habe ... wie soll ich es Ihnen bloß erklären, nicht ganz vollständig, hat sozusagen noch ein kleines, aber zumindest bezogen auf das Saarland nicht ganz unwichtiges Nachspiel. Ich wollte es ja zuerst selbst nicht glauben, aber je länger ich darüber nachdenke ... Von wem ich sie erfahren habe, die vollständige Version? Nun, davon später. Jetzt möchte ich Ihnen zuerst einmal diese wahrhaft unglaubliche Geschichte erzählen.

E s war unverkennbar, den lieben Gott plagte die Langeweile. Ruhelos wanderte er vorm Himmelstor auf und ab,
öffnete es, blickte hinaus, schüttelte den Kopf und
schloss es schließlich wieder. Der Heilige Geist, der hoch über
seinem Kopf schwebte, hörte ihn unverständliche Worte in seinen
grauen Bart murmeln, sah, wie er die Stirn in Falten legte und sich
dabei missmutig am Kopf kratzte. Nein, irgendwie wirkte der liebe
Gott überhaupt nicht glücklich und zufrieden.

„Was hast du denn bloß heute, geht es dir etwa nicht gut?", rief er ihm zu und löste dabei einige Luftwirbel aus, die dem lieben Gott die Haare völlig zerzausten und ihm genervte Blicke desselben einhandelten.

„Musst du denn immer so laut brüllen und damit diesen entsetzlichen Wind verursachen", sagte er und strich sich die Haare mit beiden Händen glatt. „Ich habe dir mindestens schon tausendmal gesagt, dass du nicht so brüllen sollst."

„Brüllen? Ich brülle doch nicht, aber mit dir muss man heutzutage einfach etwas lauter reden. Früher hast du jedenfalls viel besser gehört", konterte der Heilige Geist und konnte sich ein Prusten dabei nicht verkneifen, was einen weiteren Wirbel auslöste und die Frisur des lieben Gottes erneut völlig durcheinanderbrachte.

„An meinem Gehör gibt es nicht das Geringste zu bemängeln, mein Lieber, du sollst bloß nicht immer so nuscheln. Komm einfach etwas näher zu mir, damit man dich besser verstehen kann", erwiderte der liebe Gott und winkte den Heiligen Geist zu sich heran.

„Ich und nuscheln? Na hör mal ...", brummte der und schwebte dabei etwas tiefer. „So, da bin ich, nun sag schon, was heute mit dir los ist."

„Weißt du, irgendwie vermisse ich etwas, aber ich weiß selbst nicht so genau, was mir fehlt. Manchmal frage ich mich, wozu ich eigentlich da bin. Ich bin zwar Gott der Allmächtige, aber für was oder für wen? Es gibt nichts und niemanden außer dir und mir, und wenn ich zum Himmelstor hinausblicke, dann sehe ich nichts, nur endloses Nichts. Das schlägt mir einfach aufs Gemüt."

„Mmh", brummte der Heilige Geist, „eigentlich hast du recht. Nur wir beide bis in alle Ewigkeit hier im Himmel, nein, das macht auf Dauer wirklich keinen Spaß."

„Tja, aber was könnten wir denn daran ändern? Hast du vielleicht eine Idee?"

„Ich? Äh ..." Nachdenklich verdrehte der Heilige Geist die Augen. „Nein, eigentlich nicht."

„Ja, aber wenn nicht du, wer dann? Du bist doch der Geist der Erleuchtung. Und dir will dazu nichts einfallen? Wirklich nichts?" Man spürte bei diesen Worten die Enttäuschung förmlich mitschwingen.

„Es tut mir ja leid, dass ich momentan etwas ratlos bin. Lass uns doch einfach mal gemeinsam nachdenken, was wir vielleicht ändern könnten. Was stört dich denn eigentlich am meisten an unserem Dasein?"

Wieder blickte der liebe Gott nach oben, strich sich grübelnd durch den Bart und sprach: „Versteh mich jetzt bitte nicht falsch, aber mir fehlt einfach ein bisschen Abwechslung. Ich möchte gerne mal etwas anderes sehen oder hören, nicht immer nur dich, nicht immer so alleine sein mit dir im Himmel und um uns herum nur dieses Nichts."

Der Heilige Geist nickte. „Im Grunde genommen geht es mir genau so. Aber was können wir bloß tun, um es zu ändern?"

Grübelnd hingen die beiden eine Weile ihren Gedanken nach.

„Also … ich hätte da vielleicht eine Idee", sagte der Heilige Geist schließlich.

„Tatsächlich?" Der liebe Gott sah ihn erwartungsvoll an. „Und was schwebt dir da vor?"

„Vorschweben? Ja, weißt du, wie wäre es denn, wenn du … ich sage mal, noch ein paar andere Wesen wie dich oder wie mich erschaffen würdest, dann hätten wir ein bisschen Gesellschaft und wären nicht mehr so alleine hier im Himmel."

Der liebe Gott schüttelte den Kopf. „Nein nein, das geht nicht, schließlich sind wir beide einzigartig. Dein Geist und ich bilden hier im Himmel eine göttliche Einheit. Eine Kopie von dir oder von mir? Nein, das ist unmöglich, und außerdem, im Himmel ist zu wenig Platz für andere Wesen, zumindest für solche mit einem Körper. Sei mir jetzt bitte nicht böse, noch mehr Geistwesen wie du, das wäre des Guten einfach zu viel."

„Na ja, war ja auch nur so eine Idee", brummte der Heilige Geist, „dann lassen wir es eben" und schwebte merklich eingeschnappt von dannen.

„Bleib bitte hier, es tut mir leid", sagte der liebe Gott. „Das hast du jetzt wohl falsch verstanden. Ich wollte damit eigentlich nur sagen, dass du für mich das Allerwichtigste hier im Himmel bist. Und niemand außer dir kann diesen Platz einnehmen. Ja genau, das wollte ich damit sagen."

„Ach so hast du das gemeint, das ist natürlich etwas anderes", sagte der Heilige Geist erleichtert und schwebte dabei wieder etwas näher heran.

„Na also, aber uns beiden fällt wohl heute doch nichts mehr ein, fürchte ich. Lass uns daher jetzt lieber schlafen gehen. Morgen ist schließlich auch noch ein Tag."

„Ja, das wird wohl das Beste sein", erwiderte der Heilige Geist. „Ich bin auch sehr müde. Wir reden morgen noch einmal darüber."

Und so begaben sich die beiden zur Ruhe, in der Hoffnung auf eine göttliche Eingebung am nächsten Tag.

In der Nacht, der liebe Gott schlief bereits tief und fest, hatte der Heilige Geist einen Traum. Bilder von einer unbekannten und abenteuerlichen Welt liefen in seinem Geist ab, die ihn nicht mehr zur Ruhe kommen ließen. Gleich am nächsten Morgen erzählte er dem lieben Gott von diesem Traum. Der war natürlich sehr neugierig und ließ sich die Traumwelt in allen Einzelheiten schildern. Immer wieder unterbrach er den Heiligen Geist mit Fragen, weil er alles ganz genau wissen wollte.

„Und du sagst, es ist eine Welt außerhalb des Himmels?"

„Ja, eine wunderschöne Welt in Form einer riesigen Kugel, die ich dort draußen vor dem Himmelstor schweben sah", erwiderte der Heilige Geist.

„Und wie sieht sie aus, diese Kugel?"

„Sie ist einfach unbeschreiblich schön. Ich sah riesig große Landgebiete, die von blau glänzenden Wassern umgeben waren. Das Land hatte alle möglichen Formen und Farben, mal war es eben und flach und dann wieder so gewellt wie der alte Teppich dort vor deinem Himmelsthron. Und große Berge sah ich, die an der Spitze oben ganz weiß waren. Weiter unten waren sie braun oder grün, und die Ebenen und Täler schillerten in den schönsten Farben. Auch auf dem Land gab es blau oder grün schimmernde Flächen voller Wasser, und Wasser floss auch in wundersamen

Windungen durch das Land. Flüsse will ich diese Gebilde daher einfach mal nennen. Ich kann das alles gar nicht richtig beschreiben, weil mir dazu einfach die passenden Worte fehlen. Aber diese Welt in meinem Traum war wunderschön."

„Das klingt ja wirklich sehr beeindruckend, was du da erzählst", sagte der liebe Gott, „aber was hätte so eine Welt für einen Sinn?

Einfach nur, um sie anzuschauen? Das wäre doch auf Dauer zu langweilig, oder findest du nicht?"

„Nur mal langsam, ich bin doch mit meiner Erzählung noch lange nicht am Ende."

Neugierig blickte der liebe Gott nach oben. „Aha, und wie geht sie dann weiter, deine Geschichte?"

„Hör zu, auf dieser Welt gab es viele Lebewesen, im Wasser und auch auf dem Land, in allen nur denkbaren Formen, Farben und Größen. Tiere will ich sie einfach mal nennen, denn sie jetzt alle in Einzelheiten zu beschreiben, das würde zu weit führen. Aber neben diesen Tieren gab es noch eine ganz besondere Art von Wesen."

Wieder sah der liebe Gott den Heiligen Geist erwartungsvoll an. „Aha ... und wie sahen sie aus, diese besonderen Wesen?"

„Nun, wie soll ich es dir sagen, na ja, so ähnlich wie du aussiehst", erwiderte der Heilige Geist.

„Etwa so wie ich? Aber du weißt doch, dass du und ich als göttliche Wesen einzigartig sind."

„Ja schon, aber diese Wesen sahen dir trotzdem ähnlich."

„Na schön", sagte der liebe Gott, „aber was war mit all diesen Wesen in deiner Welt? Ich meine, was haben sie denn dort gemacht?"

„Gute Frage, doch das kann ich dir leider auch nicht sagen", seufzte der Heilige Geist, „denn an dieser Stelle war mein Traum plötzlich zu Ende."

„Das ist aber schade, denn die Welt, von der du da geträumt hast, gefällt mir eigentlich sehr gut, aber irgendwie macht sie für mich noch keinen rechten Sinn."

„Ja, das ist wohl richtig."

„Dann müssen wir uns halt selbst etwas Vernünftiges dafür ausdenken."

„Oh ja, das fände ich auch gut, aber was denn bloß? Hast du eine Idee?"

„Nein, das weiß ich noch nicht, lass mir bitte einfach noch etwas Zeit", sagte der liebe Gott, „Zeit zum Nachdenken." Und langsam, den Kopf nach unten gesenkt und die Hände auf dem Rücken verschränkt, begann er vorm Himmelstor auf und ab zu wandern, blieb zuweilen stehen, rieb sich bedächtig das Kinn, kratzte sich am Kopf und setzte seinen Gang dann wieder fort, neugierig und ungeduldig vom Heiligen Geist dabei beobachtet, der über ihm schwebte und seinen Bewegungen auf Schritt und Tritt folgte. Plötzlich blieb der liebe Gott wie angewurzelt stehen, blickte auf und nickte heftig mit dem Kopf. „Ich glaube, jetzt habe ich's."

„Ist dir denn etwas eingefallen?"

Wieder nickte der liebe Gott. „Oh ja, jetzt weiß ich, was wir machen werden." Seine Augen strahlten dabei und vor lauter Aufregung hatte er sich seinen Bart mit den Fingern ganz verzwirbelt.

Der Heilige Geist platzte förmlich vor Neugierde. „Na los, erzähl schon".

„Also gut, hör zu, was ich mir ausgedacht habe. Diese Wesen, die mir ähnlich sehen, will ich mal als Menschen bezeichnen im Gegensatz zu den anderen Lebewesen, die du Tiere genannt hast. Ich habe mir gedacht, dass wir auf deiner Kugel im Weltall - als Erde will ich sie mal bezeichnen - viel Platz für viele Menschen schaffen sollten. Jeder Mensch soll einen Körper und einen Geist bekommen, sodass wir allen etwas von unserem göttlichen Wissen und Können vermitteln können, aber jedem nur einen winzig kleinen Teil davon. Jeder wird andere Gaben und Fähigkeiten bekommen und so auf seine Art einzigartig sein. Wir werden den Menschen aber nur eine begrenzte Zeit zum Leben geben, jedenfalls ihren Körpern. Aber ihr Geist oder ihre Seele soll natürlich genau so unsterblich sein wie du und ich."

„Aber was sollen die Menschen denn tun, dort auf der Erde?", fragte der Heilige Geist.

„Ein jeder soll mit seinen individuellen Gaben und Fähigkeiten sein Leben so gestalten können, wie er es für richtig hält."

Erstaunt blickte ihn der Heilige Geist an. „Was meinst du denn damit, das verstehe ich nicht? Ich meine, was ist denn richtig oder nicht richtig, und woher sollen die Menschen das denn wissen?"

„Nun, richtig wäre es zum Beispiel, wenn die Menschen mit all dem, was wir für sie erschaffen werden, sorgsam und rücksichtsvoll umgehen und niemand einem anderen Schaden oder Leid zufügen würde", erklärte der liebe Gott. „Ich werde ihnen das, was sie in ihrem Leben beachten sollen, in Form von bestimmten Geboten verkünden. Ich denke, etwa zehn sollten dafür genügen."

„Gute Idee, ich glaube, damit werden die Menschen wohl keine Probleme haben", erwiderte der Heilige Geist.

Mit skeptischen Blicken musterte ihn der liebe Gott. „Nun ja, das wird man sehen, denn ganz so einfach will ich es den Menschen auf der Erde auch nicht machen. Ein jeder von ihnen soll im Laufe seines Lebens mit einer Reihe von Aufgaben und

Problemen konfrontiert werden, die er unter Beachtung meiner Gebote meistern soll. Und diejenigen, denen das gelingt, die sollen belohnt werden."

„Belohnt werden, sagst du?" Und womit?"

„Ganz einfach, diejenigen, die es gut gemacht haben auf der Erde, die werden wir hier im Himmel bei uns aufnehmen."

„Aha, das wäre ja schön, aber wie soll das denn gehen?" Man merkte dem Heiligen Geist an, dass er das alles offenbar noch nicht so richtig verstanden hatte.

„Pass auf, ich will es dir erklären. Wir haben hier oben viel zu wenig Platz, zumindest für körperliche Wesen, denn die müssten ja auch etwas zu essen und zu trinken bekommen. Aber das himmlische Manna reicht gerade mal für mich. Doch ein Geistwesen wie du, das braucht so etwas nicht. Dem genügt alleine geistige Energie, um zu existieren."

„Ja, leider", seufzte der Heilige Geist. „Dabei sieht dein Manna so lecker aus. Wie gerne würde ich es einmal probieren, aber das geht nicht, denn ich habe ja keine Verdauungsorgane."

Der liebe Gott nickte zustimmend. „Eben drum, aber ich kann dir versichern, so toll schmeckt das Zeug nun auch wieder nicht. Und immer nur Manna macht auf die Dauer wirklich keinen Spaß.

Daher werden wir von den guten Menschen auch nur ihre Seelen hier im Himmel aufnehmen."

„Was heißt denn hier nur?", erwiderte der Heilige Geist merklich eingeschnappt. „Willst du damit etwa ausdrücken, dass ein Geistwesen nur zweite Wahl ist im Vergleich zu einem körperlichen Wesen?"

„Nein nein, ganz im Gegenteil. Aber auf der Erde brauchen die Menschen nun mal auch einen Körper, um dort leben und ihre Aufgaben bewältigen zu können. Doch hier im Himmel, da sind sie von allen irdischen Sorgen und Problemen befreit. Hier zählen nur Gedanken, Gefühle und Empfindungen. Und dafür braucht man nichts weiter als eine Seele. Ein Mensch, dessen Lebenszeit auf der Erde endet, braucht keinen Körper mehr, den kann er getrost aufgeben. Aber seine Seele wird weiterleben. Und die Seelen von den Guten sollen hier im Himmel Platz finden."

„Aber was passiert denn mit den anderen, ich meine mit den weniger Guten oder mit den Schlechten?"

„Tja, das ist eine berechtigte Frage, aber das weiß ich selbst noch nicht so genau. Vielleicht sollten wir denen genügend Zeit zur Ruhe und Besinnung einräumen und sie dann irgendwann wieder auf die Erde zurückkehren lassen, damit sie ihre Fehler aus der Vergangenheit wieder gutmachen können", erwiderte der liebe

Gott. „Jeder Mensch könnte so selbst bestimmen, wie lange er sich den Prüfungen auf der Erde stellen muss, bis er endlich seinen Frieden hier im himmlischen Paradies findet. Aber darüber bin ich mir jetzt selbst noch nicht ganz im Klaren und muss mir alles noch etwas genauer überlegen."

„Das verstehe ich offen gestanden noch nicht so ganz."

„Aber wieso denn nicht?"

„Wenn es so wäre, wie du sagst, müssten sie doch irgendwann einmal alle im Himmel angekommen sein, ich meine, falls sie nicht immer wieder die gleichen Fehler machen."

„Ja, das ist richtig", erwiderte der liebe Gott. „Aber wo siehst du denn da ein Problem drin?"

„Nun, ich denke, im Himmel wäre gar nicht so viel Platz für so viele Seelen."

„Mmh", brummte der liebe Gott, „aber wer weiß denn schon, wie viele es tatsächlich schaffen. Nur mal angenommen, wenn alle Seelen von allen Menschen eines Tages reif und würdig für das himmlische Paradies wären, dann hätten wir doch sozusagen den Himmel auf Erden. Und dort wird auf jeden Fall Platz genug für alle sein. Ich werde die Erde schon groß genug für alle machen. Gleich morgen fange ich damit an."

„Aber was machst du bis dahin mit all den Seelen, die weder in einem Menschen auf der Erde noch hier im Himmel sind? Es gibt doch sonst keinen Platz für sie, oder?"

„Doch doch." Der liebe Gott lächelte. „Es gibt schon noch einen Ort."

„Aha, und wo?"

„Ganz einfach, der riesige Raum zwischen Himmel und Erde. Ich will ihn mal als Weltraum bezeichnen."

„Ja, aber das ist doch kein fester Ort, ich meine, da gibt es doch nichts, keinen Boden und keine ...""

Lächelnd unterbrach ihn der liebe Gott und sagte: „Du müsstest doch eigentlich am besten wissen, dass eine Seele oder ein Geistwesen so etwas nicht braucht. Und im Weltall kann man sich frei bewegen, sich das Treiben der Menschen auf der Erde aus allen Blickwinkeln ansehen und sich in Ruhe dabei auf seine eigenen Fehler besinnen."

„Ja, das leuchtet mir ein, das ist wirklich eine gute Idee", erwiderte der Heilige Geist. „Aber trotzdem, wann glaubst du, könnte das denn der Fall sein, ich meine, bis auch die letzte Seele ihren endgültigen Platz gefunden hat."

Der liebe Gott zuckte mit den Schultern. „Keine Ahnung, das wird alleine von den Menschen und ihrem Verhalten auf der Erde abhängen. Ich fürchte aber, es wird wohl sehr sehr lange dauern, vielleicht sogar eine ganze Ewigkeit."

„Aber bis dahin werden wir beide auf jeden Fall keine Langeweile mehr haben", erwiderte der Heilige Geist. „Das wird bestimmt sehr aufregend, dem Geschehen auf der Erde von hier oben aus zuzuschauen."

„Ja, das denke ich auch. Gleich morgen werde ich mit der Erschaffung der Erde beginnen."

„Au fein, ich kann es kaum noch erwarten. Hast du denn schon einen genauen Plan, wie wir beide dabei vorgehen werden?" Der Heilige Geist spürte den erstaunten Blick, den ihm der liebe Gott zuwarf und ergänzte daher spontan: „Äh, ... ich wollte natürlich sagen, wie du dabei vorgehen wirst. Natürlich kannst nur du mit deiner göttlichen Kraft und Allmacht ein derartiges Werk erschaffen. Aber vielleicht kann ich dir ja wenigstens mit ein paar Tipps und Ratschlägen dabei helfen."

Der liebe Gott nickte. „Natürlich kannst du das, du Quälgeist, du würdest mir ja ohnehin keine Ruhe lassen. Den Plan für die Erschaffung der Erdkugel habe ich schon im Kopf. Aber lass uns jetzt erst einmal ausruhen und noch etwas Kraft schöpfen, bevor es losgeht."

„Ja natürlich, dann schlaf gut, lieber Gott."

„Danke, du auch, Heiliger Geist."

Und so begaben sich die beiden zur Ruhe, obwohl sie vor lauter Aufregung über die kommenden Ereignisse kaum ein Auge zumachen konnten.

Morgens, in aller Herrgottsfrühe, weckte der Heilige Geist den lieben Gott, der sich erst schlaftrunken die Augen rieb und dann den Störenfried vorwurfsvoll anschaute. „Was willst du denn mitten in der Nacht von mir, lass mich noch ein bisschen schlafen", brummte er und zog sich die Bettdecke über den Kopf, die der Heilige Geist aber mit einem kräftigen Windhauch gleich wieder vom Himmelbett wehte.

„Mitten in der Nacht, sagst du? Von wegen, es ist schon spät und wir haben noch viel zu tun. Na komm schon, steh jetzt bitte auf und lass uns endlich anfangen", versuchte er dem Langschläfer auf die Beine zu helfen.

„Nur die Ruhe", brummte der liebe Gott verschlafen. „Erst will ich noch frühstücken. Heute Morgen werde ich mir eine Extra-portion Manna gönnen, denn es wird mich sicherlich viel Kraft kosten, deine Traumwelt zu erschaffen."

„Na schön, wenn du meinst, aber beeil dich bitte, sonst werden wir ja nie fertig."

Man spürte förmlich, wie dem Heiligen Geist Ungeduld und Neugierde zugleich zu schaffen machten, und so begab sich der liebe Gott gleich nach dem Frühstück ans Werk. In der Himmels-werkstatt hantierte er mit allerlei Materialien und Reagenzien, die er aus Eimern, Töpfen und Flaschen zusammenmischte, rührte, schüttelte, erhitzte, in Pfannen goss und immer wieder kritisch prüfte, neugierig beobachtet vom Heiligen Geist, der ihn keine Sekunde mehr aus den Augen ließ. Mehrmals änderte er die Rezepturen und experimentierte so lange damit, bis das Material endlich seinen Vorstellungen entsprach.

Unermüdlich arbeitete er so, Tag für Tag, lediglich unterbrochen durch ein paar Stunden Schlaf in der Nacht, in denen er sich unruhig in seinem Himmelbett hin und her wälzte, weil ihn die Gedanken an sein Werk einfach nicht richtig zur Ruhe kommen ließen.

Zuerst erschuf der liebe Gott Sonne, Mond und Sterne, um der Erde Licht bei Tag und bei Nacht zu geben. Dann formte er die Erde mit den Meeren und Landgebieten, die er mit unzähligen Arten von Bäumen, Pflanzen und Früchten schmückte. Schließlich schuf er eine Vielzahl von Tierarten im Wasser, auf dem Land und in der Luft. Den Menschen als Krone der Schöpfung hob er sich für den letzten Tag der Erschaffung der Welt auf.

Endlich, am späten Abend des sechsten endlos langen Tages, hob er den Blick von der großen Staffelei, auf der er die Erde modelliert hatte, wischte sich den Schweiß von der Stirn, sah den Heiligen Geist an und sagte mit feierlicher Stimme: „Es ist vollbracht."

„Es ist vollbracht, einfach nur vollbracht, sagst du? Oh nein, ich sage dir, es ist prachtvoll, ach was, es ist einfach genial, ein Meisterwerk, atemberaubend schön, noch viel viel schöner, als ich es im Traum gesehen habe. Ich ... ich kann dir gar nicht sagen, wie begeistert ich bin." Die Worte sprudelten wie ein Wasserfall aus dem Mund des Heiligen Geistes, was in der Himmelswerkstatt zum Leidwesen des lieben Gottes heftige Turbulenzen auslöste und alles Mögliche durch die Gegend fliegen ließ.

Sichtlich mit Stolz erfüllt erwiderte der liebe Gott: „Beruhige dich bitte ganz schnell, mein Lieber, denn du bringst mir ja hier alles durcheinander. Tja, ich glaube auch, dass ich das mit der Erde gar nicht so schlecht hinbekommen habe. Wirklich eine runde Sache."

„Gar nicht so schlecht hinbekommen? Sei doch bloß nicht immer so bescheiden, du bist wirklich der Größte und der Beste, der ..."

„Hör bitte auf, ist ja schon gut", unterbrach ihn der liebe Gott schmunzelnd. „Vielen Dank für die Lorbeeren, aber das ist ja auch keine große Kunst, wenn man ohnehin außer dir der Einzige ist."

„Na ja, ich bin nun mal restlos begeistert, da fällt es einem halt schwer, die richtigen Worte dafür zu finden."

„Das merke ich und das freut mich natürlich sehr. Vielen Dank für die Anerkennung, aber nun lass es mal gut sein, denn ich bin einfach völlig geschafft und brauche jetzt dringend Schlaf. Ich werde die Erdkugel nur noch schnell im Weltall aussetzen", sprach er, rollte die Erde vors Himmelstor, öffnete es ganz weit und wuchtete sie mit einem leichten Drall hinaus, wo sie schließlich im strahlenden Sonnenlicht weit vor dem Himmelstor schwebte und sich dabei langsam um ihre eigene Achse drehte. „So, das war´s, endlich fertig. Wir werden uns morgen mal einen Tag Ruhe gönnen, um unser Werk gebührend zu bewundern und es würdig zu feiern. Was hältst du davon?"

„Feiern? Oh ja, das ist wirklich eine prima Idee von dir", erwiderte der Heilige Geist. „Wir beide werden morgen zünftig feiern und den lieben Gott mal einen guten Mann sein lassen."

„Hör bloß auf mit diesen dummen Sprüchen", brummte der.

„Sprüche sagst du? Ja, das ist es, ich werde gleich zur Feier des Tages einen Spruch, nein, ein ganzes Gedicht werde ich verfassen. Etwa so, hör mir bitte mal zu."

„Oh, mein Gott", sagte der liebe Gott. „Auch das noch. Also gut, dann leg mal los, sonst gibst du ja doch keine Ruhe."

Missmutig musterte ihn der Heilige Geist von oben herab „Ich muss doch sehr bitten, schließlich mache ich mir die Mühe nur dir zu Ehren. Es wird dir ganz bestimmt gefallen."

Ergeben nickte ihm der liebe Gott zu und sagte: „Dein Wort in Gottes Ohr", was ihm erneut missmutige Blicke einbrachte.

Der Heilige Geist begann schließlich mit feierlicher Stimme, sein Werk vorzutragen:

Morgen fällt die Arbeit aus

da ruht der liebe Gott sich aus.

Morgen machen wir mal Pause

oh Mann, das wird `ne tolle Sause.

Morgen wird ... "

„Um Himmels Willen, tu mir bitte einen Gefallen und hör auf damit", unterbrach ihn der liebe Gott mit sichtlich gequältem Blick.

„Aber wieso denn, das Beste kommt doch erst noch." Enttäuscht sah ihn der Heilige Geist dabei an. „Gefällt es dir etwa nicht?"

„Doch, doch, es ist wirklich toll, aber ... tja, was soll ich dir sagen, weißt du, wenn du es mir heute schon vorträgst, dann ist ja morgen die ganze Überraschung weg, wenn du es zur Feier des Tages noch einmal vorträgst."

„Natürlich, daran habe ich ja überhaupt nicht gedacht. Es soll schließlich eine Überraschung für dich sein. Ich werde es also erst morgen vortragen."

„Das ist wirklich eine prima Idee", seufzte der liebe Gott erleichtert.

„Nein warte ... oh Mann, das geht ja gar nicht. So ein Mist."

„Was ist denn jetzt los? Wieso geht das denn nicht?"

„Nun, wenn ich es erst morgen vortrage, dann stimmt das ja nicht mehr mit dem Text."

„Und wieso nicht?"

„Pass auf, ich will es dir erklären: Also, wenn ich es heute vortrage, dann kann ich sagen, morgen fällt die Arbeit aus und so weiter. Aber wenn ich es morgen erst vortrage, dann ist ja heute schon vorbei und morgen ist heute."

Der liebe Gott sah ihn kopfschüttelnd an. „Wie bitte, was redest du denn da für ein wirres Zeug?"

„Tja, das zu erklären ist wirklich nicht so einfach. Also, wenn ich es heute vortrage, stimmt es, wenn ich sage: Morgen fällt die Arbeit aus. Aber wenn ich es erst morgen vortrage, dann würde ich ja damit übermorgen meinen."

„Ach so, jetzt verstehe ich, was du meinst. Aber das ist doch wirklich kein Problem. Wenn du es morgen vorträgst, brauchst du doch einfach nur zu sagen: Heute ist ein schöner Tag, oder etwa nicht?"

Diese Bemerkung brachte den Heiligen Geist offenbar völlig aus dem Konzept. „Heute, morgen, morgen, heute ...? Ach, weißt du, das ist mir alles doch etwas zu kompliziert. Ich glaube, das mit dem Gedicht lassen wir vielleicht doch besser sein."

„Na gut, wenn du meinst", sagte der liebe Gott mit betont trauriger Miene und drehte dabei dem Heiligen Geist langsam den Rücken zu, während er sich mit breitem Grinsen heimlich die Hände vor Freude rieb.

„Sei bitte nicht traurig. Ich lasse mir einfach etwas anderes für dich einfallen", erwiderte dieser.

„Bloß nicht", kam die spontane Reaktion, und dann: „Äh, ja ... ich wollte damit nur sagen, das ist wirklich nicht notwendig. Ich meine, wir könnten doch einfach nur so feiern."

„Nein nein, dieses Werk, das du da geschaffen hast, verdient einfach eine gebührende Würdigung. Ich werde ein Lied für dich komponieren und es morgen vortragen. Ach was sage ich denn da, kein einfaches Lied, eine richtige Hymne werde ich dir widmen."

„Um Himmels Willen", stöhnte der liebe Gott auf. Als er den entgeisterten Blick des Heiligen Geistes spürte, sagte er: „Ich meine bloß, dass du dir nicht so viel Mühe machen sollst. Aber, wenn du es unbedingt willst, dann sage ich dazu nur: Dein Wille geschehe."

„Mühe? Aber nein, das ist doch keine Mühe, es ist mir ein Vergnügen. Für dich ist mir wirklich nichts zu viel. Ich werde sofort damit beginnen."

Dem lieben Gott blieb in seiner Not nichts weiter übrig, als sich beim Heiligen Geist dafür zu bedanken, worauf sich dieser sofort mit Hingabe ans Werk machte. Die halbe Nacht hörte man ihn komponieren und singen. Und der liebe Gott? Tja, der lag in seinem Himmelbett und hielt sich die Decke über den Kopf, bis er irgendwann schließlich völlig entnervt vor Erschöpfung einschlief.

Gleich am nächsten Morgen öffnete der liebe Gott das Himmelstor ganz weit und blickte mit dem Heiligen Geist in gespannter Erwartung hinaus auf die im Weltall schwebende Erdkugel. Ein herrlicher Anblick. Die Beiden konnten sich daran kaum sattsehen. Bewundernd blickte der Heilige Geist den lieben Gott an und sagte: „Ich muss es dir immer wieder sagen, sie ist dir wirklich sehr gut gelungen, genau so, wie ich sie im Traum vor mir gesehen habe."

„Oh ja, ohne deine Vision, ohne dein Traumbild, das du mir so eindrucksvoll beschrieben hast, gäbe es sie tatsächlich nicht. Du hast also einen sehr großen Anteil an dieser Schöpfung."

Sichtlich stolz und gerührt über diese Bemerkung blickte ihn der Heilige Geist an. „Meinst du das auch ehrlich?"

„Na klar, wir beide sind wirklich ein gutes Team, hier im Himmel, und einen schöneren Flecken als die Erde hätten wir für die Menschen kaum schaffen können."

„Das stimmt. Ich glaube, jetzt ist der richtige Zeitpunkt gekommen, um dir zur Feier des Tages meine Hymne vorzutragen."

„Nein nein, warte bitte noch etwas damit, wir müssen uns zuerst noch ein paar Namen ausdenken für die Länder und Meere, damit wir auch wissen, wovon wir reden. Ich denke, dass dir als dem geistigen Schöpfer dieses Planeten diese besondere Ehre gebührt."

„Oh, vielen Dank, das freut mich aber sehr. Eine prima Idee, aber mit was wollen wir denn anfangen?"

„Wir sollten zuerst ein paar Richtungen festlegen, nach denen wir uns von hier oben aus orientieren können, Himmelsrichtungen sozusagen."

„Ein guter Vorschlag. Dann schlage ich vor, dass wir den Bereich, auf den wir von oben draufschauen, ... tja was sage ich denn da bloß, vielleicht was mit O wie oben? Oh ja, ich weiß schon, als NORDEN wollen wir den bezeichnen."

„NORDEN? Na schön, meinetwegen. Und wie willst du den entgegengesetzten Bereich dort unten nennen?"

„Unten? Warte mal, irgendwas mit U ... aber dazu fällt mir auf die Schnelle jetzt nichts ein."

„Und wie wäre es mit Ü?"

„Ü sagst du? Mal sehen ... ja, jetzt hab ich's, SÜDEN", kam die Antwort.

„Sehr gut. Und wie nennen wir die Richtung, in der sich die Erde um sich selbst dreht?"

„Oh weh, oh weh. Keine Ahnung", erwiderte der Heilige Geist.

„Oh weh ist gut. Dann machen wir doch einfach aus dem O ein OSTEN und aus dem W meinetwegen ein WESTEN. So, das hätten wir also, dann lass uns mal an die Benennung der Erdteile gehen. Wie nennen wir die beiden großen miteinander verbundenen Landgebiete?"

Der Heilige Geist überlegte kurz. „Am besten versuchen wir es wieder mit einem Buchstaben. Was hältst du von A?"

„A ...? Warum nicht!"

„Ah ... äh, oh ja, vielleicht AMERIKA?"

„Na gut ... und den oberen Teil davon nennen wir dann logischerweise NORDAMERIKA."

„Richtig! Und den unteren Teil dementsprechend SÜD-AMERIKA, oder?"

„Ja genau, ich glaube, jetzt kommt langsam System in die Sache", erwiderte der liebe Gott.

„Oh ja, und das macht auch riesig Spaß."

„Na dann lass uns mal weitermachen. Wie soll denn die große Landmasse hier heißen, die so ähnlich aussieht wie Südamerika?"

„Warte mal, ich hab's gleich, äh ... ah ... AFRIKA würde ich sagen."

„Meinetwegen, und die riesige Insel dort im Wasser?"

„Oh je, langsam wird's doch etwas schwieriger. Was nehmen wir denn da? Äh, au ... AUSTRALIEN soll sie heißen."

„Australien? Na gut, aber was machen wir mit der riesig großen Landfläche, die sich über den halben Erdball erstreckt. Ich glaube, das müssen wir irgendwie trennen. Am besten an dem Gebirge da, das sich von Norden nach Süden erstreckt. Wie nennen wir den Teil östlich davon?"

„Warte mal, mir fällt gleich was ein. Äh, ja … mmh, wie wäre es denn mit ASIEN?"

„In Ordnung, und den anderen Teil im Westen? Aber jetzt bitte nicht schon wieder ein Wort, das mit A wie Anfang anfängt."

„Immer mit A, sagst du? Oh ja, das ist mir noch gar nicht auf-gefallen. Aber kein Problem, dann nehmen wir doch einfach eins, das nicht mit A wie Anfang, sondern mit E wie Ende anfängt."

„Tolle Idee, das Ende am Anfang. Und was schlägst du vor?"

„Mmh, wie wäre es denn mit ... EUROPA?"

„Von mir aus. Damit hätten wir es also. Oh nein, warte mal, ganz unten auf der Erdkugel, da ist ja noch diese große Land-fläche. Die hätte ich jetzt beinahe übersehen. Hast du dafür auch noch einen Namen parat?"

„Na klar, kein Problem. Dieses riesige weiße Ding müssen wir aber mit einem klangvollen Namen versehen, weil, na ja, das Ganze irgendwie ein bisschen fad aussieht."

„Fad sagst du, was meinst du denn mit fad? Also das kann man ja so nicht sagen, nur weil ich sie nicht so bunt gemacht habe wie die anderen Erdteile. Ich finde so einen Kontrast jedenfalls schön."

Der Heilige Geist spürte, dass dem lieben Gott diese Be-merkung nicht sonderlich gefallen hatte. „Bitte entschuldige, das darfst du jetzt nicht als Kritik verstehen. Die weiße Fläche dort unten macht sich wirklich nicht schlecht. Nennen wir sie doch, mmh ... ah ... ANTARKTIS vielleicht, das klingt doch gut, oder?"

„Schon wieder was mit A", brummte der liebe Gott, noch immer etwas ungehalten, „meinetwegen, dann halt Antarktis. Aber dann machen wir für heute mal Schluss mit dieser Namensakrobatik."

Das gefiel wiederum dem Heiligen Geist überhaupt nicht. „Nein nein, wir können doch jetzt nicht so einfach aufhören. Lass uns wenigstens noch ein paar Namen ausdenken." Man spürte, wie er vor Begeisterung über seine Rolle als Namensschöpfer förmlich sprühte.

„Na schön, dann machen wir halt noch ein bisschen weiter, aber nur dir zuliebe." Dem lieben Gott erschien dies allemal besser zu sein, als sich die vom Heiligen Geist angekündigte Hymne anhören zu müssen. „Ich schlage vor, dass wir uns jetzt als Nächstes die Meere vornehmen."

„Oh ja, das machen wir. Und dann kommen noch die Landschaften dran und die Berge und die Flüsse und die Seen ... und die Tiere und die Pflanzen und ..."

„Du liebe Güte, du bist ja überhaupt nicht mehr zu bremsen", unterbrach ihn der liebe Gott mit einem gequälten Lächeln, „wir müssen doch jetzt nicht auch noch dem letzten Fleckchen Erde einen Namen verpassen. Wir haben schließlich alle Zeit der Welt dafür, und morgen ist auch noch ein Tag."

„Ja ja, aber wenigstens noch ein kleines bisschen ... bitte."

„Du kannst einem aber ganz schön auf den Geist gehen", brummte der liebe Gott in seinen Bart und warf dem Heiligen Geist einen vorwurfsvollen Blick zu.

„Auf den Geist gehen, das sagst du zu mir, dem Heiligen Geist? Also das ist ja ... So, jetzt habe ich aber auch keine Lust mehr, jetzt kannst du dir selbst deine Namen ausdenken", erwiderte der und wollte gerade tief beleidigt davonschweben, als ihn der liebe Gott zurückzuhalten versuchte.

„Entschuldige bitte, das ist mir doch nur so herausgerutscht. Ich wollte dir doch damit nicht wehtun. Natürlich machen wir weiter, zuerst mit den Meeren. Na komm schon."

Langsam schwebte der Heilige Geist wieder heran. „Na ja, dann will ich mal nicht so sein", brummte er und legte auch gleich wieder los. „ATLANTIK, PAZIFIK, NORDSEE ...", sprudelte es nur so aus ihm heraus. Und weiter ging es Schlag auf Schlag mit den Gebirgen, in dem der liebe Gott mit einem großen Zeigestock auf ein Gebiet zeigte und der Heilige Geist sich dazu einen passenden Namen ausdachte wie ROCKY MOUNTAINS, HIMALAYA, ALPEN und so weiter. Danach kamen die einzelnen Berge an die Reihe. MOUNT EVEREST, KILIMANDSCHARO, FUJIAMA und und und. Auch die Flüsse bekamen Namen wie

AMAZONAS, ORINOKO, THEMSE oder RHEIN. Die Namen sprudelten wie ein Wasserfall ununterbrochen aus dem Mund des Heiligen Geistes, der einfach nicht zu bremsen war. Endlich konnte er seine Kreativität nach Herzenslust ausleben, während er bei der Erschaffung der Welt dem lieben Gott nur tatenlos zusehen und ihm nicht zur Hand gehen konnte. Den ganzen Tag ging das so, bis der liebe Gott schließlich stöhnte: „So, ich mag jetzt wirklich nicht mehr weitermachen. Für heute muss es genügen. Morgen früh machen wir weiter."

„Komm schon, lass dich jetzt nicht so hängen. Wir haben's doch gleich geschafft. Morgen kannst du dich dann den ganzen Tag ausruhen. Es fehlen doch eigentlich nur noch die Seen."

Die Aussicht auf einen ganzen freien Tag ließ den lieben Gott neue Kraft schöpfen. „Na schön, du Nerv", seufzte er, „aber wirklich nur noch die Seen."

So ging es mit ERIESEE, ONTARIOSEE, LAGO MAGGIORE, BODENSEE ... immer weiter. Dem lieben Gott schien alles kein Ende zu nehmen. Nur noch mechanisch deutete er ohne näher hinzuschauen immer wieder auf einen anderen See und wartete ungeduldig, bis der Heilige Geist aus einer scheinbar unendlich großen Namensquelle einen passenden Namen hervorzauberte. Doch dann platzte ihm vor Unwillen schließlich doch der Kragen.

„So, mein Lieber, jetzt reicht´s mir aber endgültig, das hier ist wirklich der Allerletzte", sagte er und deutete auf eine winzig kleine Fläche mitten in Europa, irgendwo zwischen Rhein und Mosel, die von den Umrissen her irgendwie einem einhöckrigen Kamel oder einer Schildkröte zu ähneln schien.

„Aber ..."

„Nichts aber, nur noch den einen Namen hier und dann ist endgültig Schluss", unterbrach er ungeduldig den Namensgeber.

„Aber ...“

Weiter kam der Heilige Geist nicht, weil ihm der liebe Gott erneut ins Wort fiel. „Was ist denn bloß los mit dir? Beeile dich jetzt bitte, denn ich habe jetzt wirklich die Nase gestrichen voll.“

„Aber da ist doch gar kein See, an dieser Stelle.“

„Natürlich ist das ein See, das sieht doch ein Blinder“, erwiderte der liebe Gott genervt, ohne den Blick vom Heiligen Geist zu wenden.

„Tut mir ja leid, aber das ist ... jedenfalls kein See. Sieh doch selbst.“

Unwillig drehte der liebe Gott seinen Kopf in die Richtung, auf die er mit dem Stock zeigte. Ungläubig rieb er sich die Augen und sagte: „Aber ...“

„Siehst du“, unterbrach ihn der Heilige Geist mit triumphierender Stimme.

„Aber das ist ja gar kein See.“

„Das sagte ich doch die ganze Zeit.“

„Tja, aber was ist denn das sonst?“, fragte er.

„Siehst du das denn nicht?“

Der liebe Gott schaute den Heiligen Geist fragend an. „Nein, was soll ich denn sehen?"

„Das ist es ja eben, nichts."

„Nichts? Was meinst du denn jetzt mit nichts?"

„Na ja, nichts eben, ein dunkles Loch halt, wie soll ich es sonst bezeichnen? Einfach nichts, nur nichts."

„Das gibt es doch gar nicht. Nichts geht ja wohl nicht, denn nichts kann man schließlich nicht sehen."

„Oh doch, das geht sehr wohl, mein Lieber, nämlich wenn um das Nichts etwas drum herum ist", erwiderte der Heilige Geist gereizt. „Es tut mir ja wirklich leid, dir das sagen zu müssen, aber da ist dir wohl ein Fehler unterlaufen."

„Ein Fehler sagst du? Was denn für ein Fehler?"

„Weiß ich doch nicht, ich bin schließlich nicht der liebe Gott", erwiderte der Heilige Geist mit süffisantem Unterton.

„Lass bloß diese dummen Sprüche. Vermutlich ist mir die letzte Mischung von diesem Materieschaum, den ich verwendet habe, nicht so richtig gelungen. Irgendwie hatte ich gleich das Gefühl, dass das Zeug schrumpft." Er deutete dabei auf einen großen Eimer in der Ecke der Himmelswerkstatt, in dem sich noch ein

Rest der Masse befand. „Aber mir fehlten zum Schluss einfach ein paar Zutaten beim Anmischen."

„Und was machen wir jetzt?", fragte der Heilige Geist.

„Das weiß ich auch noch nicht. Jedenfalls können wir das Nichts da auf keinen Fall so lassen. Vielleicht fällt mir morgen etwas Gescheites dazu ein. Aber jetzt bin ich dafür einfach zu müde."

„Na schön, dann überschlafen wir halt das Ganze erst einmal. Morgen sehen wir dann weiter."

Zustimmend nickte der liebe Gott. Dann gähnte er laut und sagte: „Ich muss mich sofort hinlegen, sonst schlafe ich noch im Stehen ein. Gute Nacht, Heiliger Geist."

„Gute Nacht, lieber Gott. Schlaf gut und träume was Schönes. Soll ich dir vielleicht noch ein Schlaflied vorsingen?"

„Bloß nicht", murmelte der liebe Gott schlaftrunken. „Tu mir bitte den Gefallen und lass mir jetzt einfach nur meine Ruhe."

„Na schön, dann eben nicht", brummte der Heilige Geist eingeschnappt und zog sich schmollend auf seine Ruheposition über dem Himmelbett zurück.

Am nächsten Morgen, dem achten Tag seit Beginn der Schöpfungsgeschichte, wachte der liebe Gott in aller Herrgottsfrühe auf, sprang aus dem Bett und rief: „Ich hab´s, ich hab ´s."

Ganz verschlafen riss der Heilige Geist die Augen auf. „Was ist denn mit dir los? Musst du denn so einen Krach machen, in aller Herrgottsfrühe?"

Der liebe Gott konnte sich ein Grinsen über diese Bemerkung nicht verkneifen. „Ich glaube, ich habe jetzt eine Lösung für unser Problem gefunden. Das werden wir gleich haben", sprach er, öffnete das Himmelstor und beugte sich weit hinaus, um die im Weltall schwebende Erde mit beiden Händen zu ergreifen. Dann wuchtete er sie laut stöhnend wieder auf die große Staffelei in der Himmelswerkstatt.

„So, nun pass mal auf, wie schnell das Problem gelöst ist. Im Handumdrehen haben wir aus diesem Nichts da den schönsten See gemacht." Er nahm eine Kanne, tauchte sie in den Atlantik ein und füllte sie mit Meerwasser. Das goss er dann langsam in das merkwürdige Nichts im Erdball, bis es bis zum Rand gefüllt war. Triumphierend blickte er dann den Heiligen Geist an und fragte: „Na, wie gefällt dir das?"

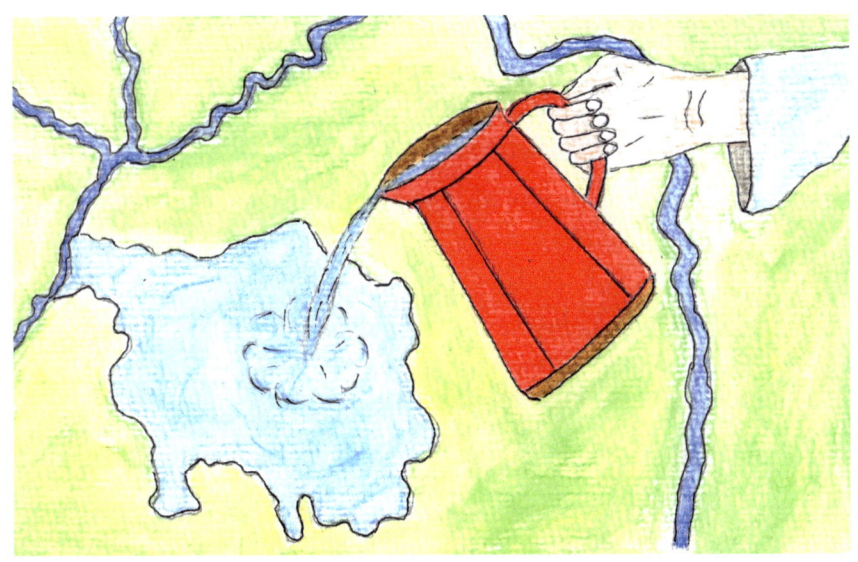

Doch der verdrehte nur die Augen und erwiderte: „Wie es mir gefällt, fragst du? Aber es hat sich doch überhaupt nichts verändert."

„Wie bitte? Das gibt's doch nicht." Doch als sich der liebe Gott umdrehte, sah er, dass das Wasser, das er gerade eben in das Loch eingefüllt hatte, wieder völlig verschwunden war. „Ausgelaufen, offenbar einfach ausgelaufen, so ein Mist", brummte er missmutig.

„Macht nichts, das wäre ohnehin nicht das Richtige gewesen", sagte der Heilige Geist.

„Und wieso nicht, wenn ich fragen darf?"

„Ganz einfach. Ich sah Land an dieser Stelle, in meinem Traum jedenfalls."

„Ich sah Land an dieser Stelle", äffte ihn der liebe Gott merklich ungehalten nach. „Als ob das nicht egal wäre, ob Land oder Wasser meine ich."

„Ja, aber ich sah Land."

„Na schön, dann meinetwegen Land. Nur, wie mache ich das bloß." Er betrachtete sich die Erde von allen Seiten und kratzte sich nachdenklich am Kopf. Dann rief er auf einmal: „Ich hab´ s, so wird´s gemacht." Er ergriff einen Eimer, tauchte ihn in die Wüste SAHARA ein und füllte ihn mit Sand. Den goss er so lange in das Nichts ein, bis es komplett aufgefüllt war.

„Und nun? Was sagst du nun?" Wieder sah er den Heiligen Geist triumphierend dabei an.

Der betrachtete sich das Ergebnis eine Weile und prustete dann plötzlich los. „Das gibt´s doch nicht, sieh es dir bitte selber an."

Nichts Gutes ahnend drehte sich der Schöpfer wieder um und erstarrte fast vor Schreck, denn auch der Sand war spurlos verschwunden.

„Tja", spöttelte der Heilige Geist. „Dazu kann ich nur sagen: Ein Satz mit X, das war wohl nix." Die messerscharfen Blicke, die ihn daraufhin trafen, ließen ihn schlagartig wieder verstummen. Kaum hörbar schob er schließlich nach: „Ich wollte ja nur noch einmal darauf hinweisen, ich sah Land an dieser Stelle. Ich meine, richtiges Land."

„Ich sah Land an dieser Stelle, ich sah Land." Ziemlich genervt wiederholte der liebe Gott diese Worte immer wieder. „Ich kann dein 'Ich sah Land' einfach nicht mehr hören. Fällt dir denn dazu nichts Gescheiteres ein?"

„Mmh, wir müssen wohl eine andere Lösung finden. Du musst die Sache eben anders angehen."

Dieser geistreiche Einwand löste beim lieben Gott nur ein verständnisloses Kopfschütteln aus. „Und wie bitte, wenn ich fragen darf?"

„Na ja, alles was du da reingeschüttest hast, ich meine Wasser oder Sand, ist gleich wieder verschwunden. Vielleicht solltest du es daher mal mit einem festen Material versuchen."

„Verstehe", erwiderte der liebe Gott, „aber was nehme ich denn dafür bloß?"

„Vielleicht kannst du ja einfach an einer anderen Stelle etwas wegnehmen."

„Oh ja, ich glaube, das könnte gehen. Aber woher nehmen und nicht stehlen?"

Grübelnd ging er um die Weltkugel herum, die Hände auf den Rücken verschränkt, unverständliche Worte in seinen Bart murmelnd. Plötzlich blieb er vor dem Himalayagebirge stehen, trat etwas näher, setzte seinen Kneifer auf die Nase und sagte schließlich: „Mal sehen, ich glaube, der hier könnte passen." Dann brach er mit einem kräftigen Ruck den Mount Everest aus dem Himalayagebirge heraus, postierte ihn genau über dem Nichts und befestigte ihn dort mit dem Materieschaum, mit dem er die Erde modelliert hatte. „Siehst du, das war des Rätsels Lösung. Na, was hältst du davon?" Erwartungsvoll blickte er den Heiligen Geist dabei an. Doch der machte nicht gerade einen begeisterten Eindruck.

„Findest du es etwa nicht gut?"

„Nein, offen gestanden nicht."

„Und warum nicht?"

„Nun, weil ich finde, dass der höchste Berg der Erde nicht in diese Umgebung hier passt. Im Himalaya, da kommt er richtig zur Geltung, denn in diesem majestätischen Gebirge ist er unter seinesgleichen, aber hier, nein ... sei mir bitte nicht böse, hier in dieser eher unauffälligen Umgebung wirkt er viel zu groß und zu wuchtig, fast wie eine Faust auf dem Auge, möchte ich mal sagen."

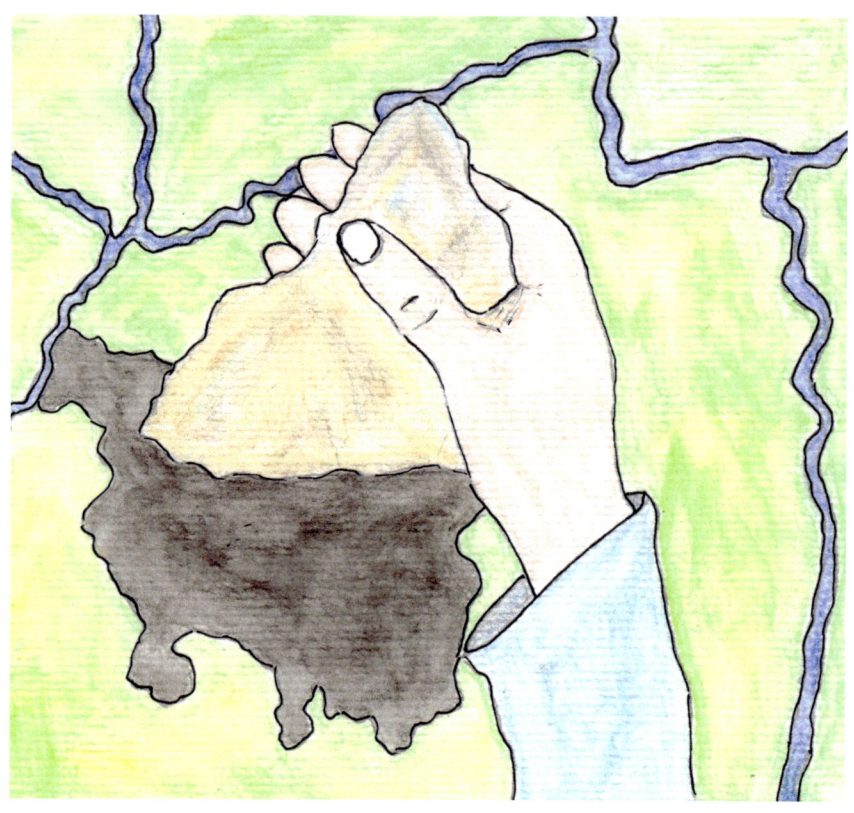

„Mmh, aber wenn ich schon einen Fehler gemacht und diese Gegend hier dadurch benachteiligt habe, dann möchte ich das auch gerne mit etwas ganz Besonderem wieder gut machen. Und dafür scheint mir der höchste Berg der Erde genau das Richtige zu sein, oder etwa nicht?"

„Tut mir leid, aber das sehe ich etwas anders, das passt einfach nicht hierher … und außerdem sagte ich es dir bereits zum wiederholten Male: Ich sah in meinem Traum Land an dieser Stelle, ich meine richtiges Land, kein Wasser, keinen Sand und auch keinen Berg. Verstehst du: Ich sah Land! Und nichts anderes."

„Ich sah Land, ich sah Land, fängst du schon wieder damit an. Ich kann's einfach nicht mehr hören, aber ..." Der liebe Gott zögerte einen Moment, warf noch einmal einen Blick auf die Problemstelle, nickte bedächtig mit dem Kopf und sagte schließlich: „Ich muss dir recht geben, so richtig gefällt mir das alles auch nicht. Ich werde den Mount Everest wohl wieder an seinen alten Platz bringen." Sprachs, nahm den Berg und setzte ihn wieder an seinen ursprünglichen Platz im Himalayagebirge. „Aber was soll ich denn bloß machen, ich weiß mir wirklich keinen Rat mehr." Fragend blickte er den Heiligen Geist dabei an. „Du musst mir helfen, schließlich hast du es ja im Traum vor dir gesehen, dein ... wie sagst du immer 'Ich sah Land`. Im gleichen Moment ging ein Schmunzeln über sein Gesicht, was der Heilige Geist überhaupt nicht zu deuten vermochte.

„Was ist denn jetzt auf einmal in dich gefahren?", fragte er.

„Nun, eine Erleuchtung sozusagen, zumindest was den Namen dieses kleinen Fleckchens Erde anbetrifft."

„Du hast einen Namen dafür? Aber das ist doch eigentlich meine ..." Der Heilige Geist brachte den Satz nicht zu Ende und schob statt dessen nach: „Und der wäre ...?"

„Tja, ganz einfach, wollen wir diese Gegend in Anlehnung an deine Traumvision nicht einfach SAHLAND nennen?"

„Sahland, aber wieso denn Sahland? Das verstehe ich nicht." Doch dann: „Ach so, ich glaube, ich weiß jetzt, was du damit meinst. Wohl weil ich immer 'Ich sah Land' gesagt habe. Ist es vielleicht deswegen?"

Der liebe Gott nickte lächelnd. „Ja genau, du hast es erfasst."

„Nun, was soll ich dazu sagen ... ja, warum eigentlich nicht. Wir haben schließlich noch keine Namen für die Landschaften ausgesucht. Dann hätte also eine Landschaft, die bis jetzt noch gar nicht richtig existiert und erst noch gestaltet werden muss und mit der die Schöpfungsgeschichte dann hoffentlich ein gutes Ende findet, als Erste einen Namen bekommen. Das ist wirklich etwas ganz Besonderes."

Der liebe Gott nickte. „Genau. Also, dann lass uns mal überlegen, wie wir es gestalten wollen, das SAHLAND."

„Vielleicht sollten wir einfach irgendwo auf der Erdkugel das eine oder andere wegnehmen, aber diesmal bitte nichts besonders

Auffallendes, sondern etwas, was ganz gut zu der Umgebung hier passt."

„Kein schlechter Vorschlag. Dann wollen wir mal sehen. Wie wäre es denn, wenn wir an den Rand dieses Lochs im Westen einen Fluss legen würden. Ich werde einfach einen Nebenfluss vom Amazonas dazu verwenden. Im dicht bewaldeten Amazonasgebiet fällt es bestimmt kaum auf, wenn da etwas fehlt, das merkt garantiert kein Mensch." Und schon hatte er von dort einen passenden Nebenfluss entnommen, den er entlang der westlichen Grenze des SAHLANDES verlegte. Nachdem er sein Werk gebührend bewundert hatte, meinte er: „Das sieht doch schon ganz gut aus. Aber was sollen wir bloß für den Bereich entlang der nördlichen Grenze nehmen?

„Auf jeden Fall nicht noch einen Fluss, lieber etwas anderes", erwiderte der Heilige Geist.

Zustimmend nickte der liebe Gott und schlug eine Berglandschaft vor.

„Gute Idee, aber bitte keine hohen Berge."

„Mmh. dann nehmen wir doch einfach ein paar Ausläufer vom SCHWARZWALD, ich meine, von dort, wo er nicht so hoch ist." Und schon hatte er ein paar Stücke vom Schwarzwald abgebrochen, die er entlang der nördlichen Grenze verlegte.

„So ein Mist, das geht nicht", sagte er.

„Aber wieso denn nicht?"

„Das siehst du doch. Dieses Stück Schwarzwald ist für die Stelle, an der der Fluss liegt, ein bisschen zu lang. Der Fluss ist hier im Weg."

„Na, dann biege ihn doch einfach um dieses Stück herum", schlug der Heilige Geist vor.

„Herumbiegen, meinst du wirklich? Na schön, ich kann's ja mal versuchen", sagte der liebe Gott und legte den Fluss in einer elegant geschwungenen Schleife um das Hindernis herum.

„Das sieht aber wirklich sehr gelungen aus." Der Heilige Geist war ganz begeistert darüber, mit welcher Leichtigkeit und Eleganz der liebe Gott seinen Vorschlag in die Tat umgesetzt und eine wunderschöne Flussschleife geformt hatte.

„Ja, die Schleife ist in der Tat sehr beeindruckend. Aber entlang der anderen beiden Grenzen im Osten und im Süden lassen wir die Landschaft am besten offen, sonst sieht das schöne Fleckchen Erde hier wie eingezäunt aus. Da nehmen wir einfach etwas von den grünen Küstenstreifen im Norden weg und modellieren die ein bisschen, was meinst du dazu?"

Der Heilige Geist nickte zustimmend und so wanderte ein Stück von der Nordseeküste, vom lieben Gott in eine sanfte Hügelland-schaft verwandelt, schließlich ins SAHLAND.

„Super, toll, einsame Klasse." Der Heilige Geist war vor Be-geisterung kaum zu bremsen. „Jetzt hast du es endlich geschafft", jubelte er.

„Ich weiß nicht, irgendetwas fehlt mir noch, ein krönender Ab-schluss, ein i-Tüpfelchen sozusagen. Aber was nur, und wo? Hast du eine Idee?"

„Tja, vielleicht irgendetwas mitten im SAHLAND?", schlug der Heilige Geist vor.

„Ja, genau, aber was könnte denn dorthin passen?"

„Na ja, vielleicht ein einzelner Berg, von dem aus die Menschen einen schönen Blick über das ganze Land haben?", schlug der Heilige Geist vor.

„Gute Idee, warum eigentlich nicht. Daran habe ich auch schon gedacht. Aber einen einzelnen Berg, der dort so richtig hinpasst, den kann ich nirgendwo sonst auf der Erdkugel finden."

„Na, dann nimm doch einfach noch etwas von dem übrig gebliebenen Materieschaum da im Eimer und modelliere davon einen Berg. Selbst wenn der dann ein wenig schrumpfen sollte, wäre das nicht weiter schlimm."

„Na gut, wie du meinst, dann machen wir zum Abschluss halt noch einen Schrumpfberg aus Materieschaum. Aber dann ist endgültig Schluss mit dieser Schöpfungsgeschichte."

„Ja", jubelte der Heilige Geist voller Begeisterung darüber, dass sein Vorschlag Gehör gefunden hatte. „Und ich habe auch schon einen Namen für diesen Berg. Wir sollten ihn einfach Schrumpfberg, nein, warte mal ... vielleicht doch besser SCHAUMBERG nennen."

Nachwort

So, das war sie, die vollständige Schöpfungsgeschichte oder besser gesagt die Version, die ich in der besagten Nacht von meinem Großvater vernommen habe. Ich kann zwar verstehen, dass Sie jetzt vielleicht etwas skeptisch sind oder die ganze Geschichte vielleicht sogar für Unsinn halten, denn mir ging es anfangs offen gestanden ganz genau so. Aber ich versichere Ihnen, dass mein längst verstorbener Großvater Johann, der mir in dieser Nacht erschienen ist und mir das alles erzählt hat, wirklich sein Leben lang ein redlicher und glaubwürdiger Mensch gewesen ist. Warum sollte das ausgerechnet jetzt, wo er doch im Himmel ist, nicht mehr so sein? Dass das vielleicht nur ein Traum war, meinen Sie? Nein, das glaube ich nicht. Warum nicht, fragen Sie? Nun, weil ich nicht sehr oft träume, jedenfalls kann ich mich morgens kaum an einen nächtlichen Traum erinnern. Früher, als Kind, da war das noch etwas anderes. Damals habe ich sehr viel geträumt, wenn mir zum Beispiel abends eine spannende Geschichte erzählt wurde oder wenn ich ein spannendes Buch gelesen hatte. Aber heute … ich finde, es gibt heute einfach zu wenig spannende Geschichten, jedenfalls keine, die mich noch so richtig fesseln und begeistern. Aber wer weiß, vielleicht geht uns Erwachsenen auch nur die notwendige Fantasie dafür verloren. Als kritischer Mensch habe ich mir daher auch viele Gedanken über diese Geschichte gemacht und sie im Detail zu hinterfragen versucht. *Wieso hat denn bisher noch nie jemand von dieser nachgebesserten Schöpfung erfahren, wo doch die Schöpfungsgeschichte in ihrer ursprünglichen Form jedem bekannt ist?*, habe ich mich gefragt. Nun, so könnte ich es mir jedenfalls vorstellen, weil dem lieben Gott sein kleines Missgeschick bei der Erschaffung der Welt vielleicht etwas peinlich war. Das könnte doch sein, oder? Er war bestimmt sehr müde gewesen nach sechs endlos langen und anstrengenden Schöpfungstagen, und da kann so etwas schon mal vorkommen, selbst beim lieben Gott. Vielleicht zeigt er gerade deswegen auch Verständnis für die Menschen, die hier auf der Erde nicht immer alles auf Anhieb gleich richtig machen, jedenfalls dann, wenn sie ihre Fehler einsehen und sie wieder gut zu machen versuchen, so wie er das auch getan hat. Und mit seiner Nachbesserung ist ihm doch wahrhaftig ein kleines Meisterwerk gelungen, oder sind Sie da etwa anderer Meinung? Sicher, im SAARLAND gibt es im Gegensatz zu anderen Regionen nichts absolut Einzigartiges, kein Weltwunder, keinen höchsten Berg, keinen tiefsten See, aber warum, so frage ich Sie, sollte ein ganz normaler Fluss wie die SAAR, so heißt der ehemalige Nebenfluss des Amazonas hier, von sich aus einen derart ungewöhnlich Bogen schlagen wie an der SAARSCHLEIFE und sozusagen wieder ein Stück in die Richtung zurückfließen, aus der er herkommt? Sehen Sie, jetzt kommen Sie auch ins Grübeln. Und die Menschen hier, sind die etwa nicht einzigartig? Viele sind handwerklich sehr begabt und können aus Nichts etwas machen, zumindest ein ganz kleines bisschen so, wie es auch der liebe Gott am achten Schöpfungstag praktiziert hat. Und Organisationstalent, das haben sie schließlich auch. Ich meine, wenn sie beispielsweise von der Arbeit ab und zu mal eine nützliche Kleinigkeit mit nach Hause bringen, natürlich nur etwas, das ohnehin keiner mehr braucht, und das dann an anderer Stelle einer sinnvollen Verwendung zuführen, so wie es der liebe Gott mit den unterschiedlichen Landschaften im SAHLAND oder mit dem Nebenfluss des Amazonas gemacht hat. Ja, zugegeben, dieser Vergleich hinkt etwas, aber das tun schließlich die meisten Vergleiche. Einzigartig ist sicherlich auch die Mentalität der Saarländer. Mal legen sie ein geradezu südamerikanisches Temperament an den Tag und sind für jeden Unfug zu haben, wie zum Beispiel an 'Fahsenacht', wie wir hier sagen. Doch dann wiederum können sie so kühl wie ein Nordlicht reagieren, wenn ihnen jemand etwas vorzumachen versucht. 'E Dummschwäddser' wird so einer hier genannt. Vielleicht hängen diese unterschiedlichen Verhaltensweisen ja mit den unterschiedlichen landschaftlichen Ursprüngen im Saarland zusammen, ich meine, so wie sie sich aus der von meinem Großvater überlieferten Schöpfungsgeschichte erklären ließen? Auch die Sprache der Saarländer ist einzigartig auf der Welt, denn wo sonst gibt es noch einen derart rustikalen Dialekt, der ... wenn man sich hier nur ein paar Kilometer weiter bewegt, schon wieder anders klingt?

Sie haben wohl immer noch Probleme mit meiner Geschichte? Doch nicht etwa wegen der Namensbezeichnung, denn dafür gibt es doch eine ganz einfache Erklärung. Vermutlich ist, wie bei so vielen Namen, durch sprachliche Verfremdung im Laufe der Geschichte aus dem ursprünglichen Namen SAHLAND irgendwann das SAARLAND geworden, vielleicht auch deshalb, weil die Leute in der Region um den Schaumberg das R so heftig rollen, mitunter sogar an Stellen, wo gar kein R hingehört. Und noch eins zum Schluss: Wenn Sie in einer klaren Nacht einmal eine Sternschnuppe dort oben am Himmel zu sehen glauben, könnte das das nicht die Seele eines Verstorbenen sein, die göttliche Erleuchtung erfahren hat und wieder auf die Erde zurückkehrt?

Also, wenn sie jetzt immer noch Zweifel an meiner lückenlosen Beweiskette für den Wahrheitsgehalt dieser Geschichte haben, dann ... tja, dann kann ich Ihnen leider auch nicht helfen. Warum, so frage ich Sie zum Schluss, sollte mir mein Großvater denn sonst diese Geschichte erzählt haben? Doch wohl kaum, um mir eine Freude zu machen, nur weil ich spannende und fantasievolle Geschichten so gerne mag, oder ...?

Weitere Veröffentlichungen des Autors

Angst um Melanie
Verlag Books on Demand GmbH
ISBN: 978-3899068177
144 Seiten
7,50 €

Dramatischer Tatsachenroman über das Schicksal eines Pflege-
kindes

Bereits wenige Wochen nach Abgabe eines Adoptionsantrages
wird einem jungen Ehepaar mit zwei leiblichen Kindern ein nur
sechs Monate altes Mädchen namens Melanie vermittelt. Ihr Glück
scheint vollkommen, bis sich Melanies leibliche Mutter meldet
und das Kind wieder zurückhaben möchte. Ein dramatischer
Kampf um das Schicksal des kleinen Mädchens entbrennt.

SEPTEMBER ELEVEN
Verlag tredition GmbH
ISBN: 978-3842402089
132 Seiten
8,80 €

Spannender Tatsachenroman über eine Flugreise am Tag der Terroranschläge in den USA.

11. September 2001. Ein Linienflug von Frankfurt nach Chicago. Etwa eine Stunde vor der planmäßigen Landung ändert die Maschine abrupt ihren Kurs. Keiner der Passagiere kennt den Grund. Ein abenteuerlicher Irrflug, ausgelöst durch die Terroranschläge in den USA, beginnt.

Urs der Zauberbär
Verlag Books on Demand GmbH
Taschenbuch: ISBN 978384809305, Preis 9,90 €
E-Book: ASIN B006L302W6, Preis 8,49 €

Eine lustige und spannende Abenteuergeschichte über einen kleinen Braunbären für Kinder und alle Junggebliebenen mit über 20 farbigen Illustrationen.

Erwin räumt im Jenseits auf
E-Book Kindle Edition
ASIN: B006C49S4C
Preis 2,68 €

Gibt es ein Leben nach dem Tod, und wenn ja, wie könnte es vielleicht aussehen? Der Autor gibt in dieser skurrilen Geschichte auf humorvolle Weise darauf eine Antwort.

Erwin Eigenwillig, ein unverbesserlicher Eigenbrötler, findet sich nach einem Autounfall unverhofft im Jenseits wieder. Orientierungslos irrt er durch eine ihm unbekannte virtuelle Welt, in der neue Gefahren auf ihn lauern. Erwin versucht, diese mit allen Mitteln zu meistern.

Geh den Weg zu Ende
E-Book Kindle Edition
ASIN: B006V22HHK
Preis 1,01 €

Ein Mann lässt bei einem Spaziergang in trister November-
atmosphäre sein bisheriges Leben Revue passieren. Dabei wird er
von einem Auto erfasst und findet sich plötzlich im Jenseits
wieder. Seine Erlebnisse in dieser unbekannten virtuellen
Dimension lassen ihn sein Schicksal in einem völlig anderen Licht
erscheinen.

ZUR SEELE TAUCHEN

Zur Seele tauchen
E-Book Kindle Edition
ASIN: B0072V4FGU
Preis 1,03 €

Den richtigen Lebensweg zu finden und ihn unbeirrt zu gehen, ist schwierig. Viele verlassen sich meist nur auf ihren Verstand, weil wir als zivilisierte Menschen im Gegensatz zu den Tieren verlernt haben, unserem Instinkt zu folgen, insbesondere dann, wenn Verstand und Instinkt nicht im Einklang zueinanderstehen. So siegen Fakten und Argumente meist gegen Gefühle und Empfindungen. Die negativen Folgen zeigen sich oft erst viele Jahre später und sind nicht selten verheerend. Wann immer wir einen Zwiespalt in uns spüren, sollten wir daher versuchen, der Sache auf den Grund zu gehen und auch auf das zu hören, was unsere Seele empfindet.

Von Zeit zu Zeit einfach mal zur Seele tauchen, um Gefühle und Empfindungen freizulegen. Besinnliche Gedanken und Geschichten in diesem Buch sollen dazu eine Inspiration geben, ergänzt um Anregungen und Tipps zum Selbertauchen.

Schreiben tut weh
E-Book Kindle-Edition
ASIN: B008LJCC08
Preis 1,03 €

Unterhaltsamer Ratgeber auf Basis eigener Erfahrungen des Autors, mit vielen Praxistipps und interessanten Hinweisen für alle, die sich selbst literarisch betätigen und mehr über das Schreiben und Gestalten von Büchern wissen möchten.

Da haben wir die Bescherung
E-Book Kindle Edition
ASIN: B006EJFVWI
Preis 1,14 €

Alle Jahre wieder, wenn der Kalender nur noch ein paar Blätter für den Rest des Jahres übrig hat, steht Weihnachten vor der Tür, für viele das schönste Fest des Jahres. Der Zauber der Heiligen Nacht, getragen von Wünschen, Hoffnungen und Erwartungen, von Sehnsucht nach Frieden, nach Liebe und nach Geborgenheit, lässt zumindest für kurze Zeit viele Alltagssorgen und -probleme vergessen oder zumindest in den Hintergrund rücken. Ein paar heitere und besinnliche Geschichten und Gedichten in diesem Buch sollen dazu ein wenig beitragen.

Raimund Eich
STUMM-DENK-MAL

Illustrationen
Anne Linnenbach & Maria Luise Schneider

STUMM-DENK-MAL
Verlag Books on Demand GmbH
Taschenbuch: ISBN978-3848217854, Preis 7,90 €
E-Book: ASIN B00APSS2RA, Preis 5,99 €

Eine globale Wirtschaftskrise irgendwann in der Zukunft, von der auch die Stadt Neunkirchen betroffen ist. Bei einem nächtlichen Spaziergang, in Gedanken nach einer rettenden Lösung für seine Stadt versunken, fällt der Oberbürgermeister vor dem Stummdenkmal auf die Knie und fleht den Freiherrn Karl-Ferdinand von Stumm in seiner Verzweiflung um Hilfe an. Damit erweckt er den ehemaligen Stahlbaron auf wundersame Weise zu neuem Leben.

Lyrik – Sprachrohr der Seele
E-Book Kindle Edition
ASIN: B00ARIN29Q
Preis 1,00 €

Lyrik, unverzichtbar, um Gedanken freien Lauf zu lassen, um Gefühle und Empfindungen, gleich welcher Art, freizulegen. Nur wenige Worte, tief ergreifend, Emotionen auslösend. Lyrik als Sprachrohr der Seele lässt uns für ein paar Zeilen oder Strophen innehalten, die Alltagssorgen vergessen und unser Herz berühren, nur eine kleine Auszeit, um die Seele baumeln zu lassen und den Speicher für Emotionen wieder etwas aufzuladen.